A M. Vuaflart
cordial hommage
L. Lazard

LUCIEN LAZARD

DEUX JARDINS DISPARUS

LE JARDIN RUGGIERI =:= LE JARDIN DU DELTA

EXTRAIT DU BULLETIN DE LA SOCIÉTÉ
"LE VIEUX MONTMARTRE"
42, Rue d'Orsel - Paris

LUCIEN LAZARD

DEUX JARDINS DISPARUS

LE JARDIN RUGGIERI =:= LE JARDIN DU DELTA

EXTRAIT DU BULLETIN DE LA SOCIÉTÉ
"LE VIEUX MONTMARTRE"
42, Rue d'Orsel - Paris

DEUX JARDINS DISPARUS

LE JARDIN RUGGIERI -:- LE JARDIN DU DELTA

Au moment où la modernisation — pour exprimer cette chose barbare, il est à propos d'employer un terme qui ne l'est pas moins — fait disparaître les beaux jardins qui faisaient la gloire et le charme du Vieux Montmartre, on a pensé qu'il serait à propos d'évoquer le souvenir des parcs qui, il y a quatre-vingts ans, rompaient la monotonie des rues des Porcherons et de la Nouvelle France, la rue Saint-Lazare et le Faubourg Poissonnière de nos jours.

LE JARDIN RUGGIERI

« Les frères Ruggieri (mon père et mes oncles) (1) sont les premiers qui « ont eu l'heureuse idée d'offrir au public un lieu d'agrément qui, dans la « belle saison, réunit à la fois les danses, les feux d'artifices et autres objets « de divertissement.

« Le jardin *Ruggieri* fut ouvert en 1766, rue Saint-Lazare, dans un quar- « tier alors connu sous le nom de Porcherons. Cet établissement consis- « tait, sans parler des bâtiments, en un très beau jardin artistement dis- « posé. Les spectacles, les jeux et les amusements qu'on y avait réunis for-

1. Les frères Ruggieri artificiers italiens, étaient cinq frères, qui vinrent s'établir en France en 1739. L'ainé avait pour noms de baptême Pietro-Antonio-Marie (à Paris on le connaissait plus particulièrement sous le seul nom de Pierre); le second était nommé François, le troisième, Antoine, le quatrième Pétrone Sauveur Balthasar Ruggieri, mon père: c'est le seul qui ait eu des enfants : deux fils et quatre filles. Le cinquième enfin se nommait Gaétano. Les cinq frères mirent d'abord leurs intérêts en commun, l'ainé se chargea spécialement de la partie administrative. Antonio et mon père firent connaître d'abord leur talent par les feux qu'ils exécutèrent en 1739, sur le théâtre de la Comédie Italienne. Depuis, indépendamment de leur établisement, ils firent un grand nombre de feux non seulement pour le roi et la ville, mais pour le Colisée et autres lieux publics. Gaetano, dont le mérite fut apprécié par Georges II, roi d'Angleterre, fixa son séjour à Londres ou il mourut.

« maient un ensemble agréable de fêtes auquel on a donné le nom de *fêtes* « *champêtres*. Un très beau feu d'artifice terminait les plaisirs de la soirée.

« Peu après, les frères Ruggieri ajoutèrent à leurs feux d'artifice des « actions pantomimes, qui augmentèrent le charme et l'attrait de ce nou- « veau genre d'établissement.

« D'abord on représenta la place de Louis XV et son inauguration ; « plus tard la descente d'Orphée aux enfers ; Thésée délivrée par Hercule « et quantité d'autres, dont l'explication serait ici trop longue.

« Contre le principal corps de bâtiment étaient construites de vastes « galeries pour placer les spectateurs qui désiraient voir le spectacle à « couvert ; ce qui était fort commode et très agréable.

« Mon père, après la mort de ses frères, resté seul propriétaire, fit « construire en 1785, une très belle salle de 100 pieds de long, sur cinquante « de large ; elle servait à mettre le public à couvert en cas de pluie. En « 1774, il y eut des courses de chevaux et des exercices exécutée par un « nommé Hyam et sa troupe.

« En 1784, on enleva, pour la première fois, un ballon, spectacle dont « l'invention était alors toute récente, ainsi que nous le verrons plus loin. « En 1786, on enleva également des figures aérostatiques, au moyen du « gaz hydrogène.

« Ce jardin eut une vogue soutenue et conserva longtemps la faveur « du public, mais les événements le firent fermer, le 12 juillet 1789, avant- « veille de la prise de la Bastille.

« Ce jardin fut de nouveau ouvert en 1794, sous la direction du sieur « Ducy, qui le tenait des enfants *Ruggieri* dont le père venait de mourir.

« Cette entreprise fut exploitée deux ans de suite avec succès. Enfin, « en 1815, Ruggieri aîné, mon frère, rouvrit l'établissement, en conti- « nuant d'y offrir le même genre de plaisirs. Il y ajouta même des mon- « tagnes dans le genre russe, et connues sous le nom de *Saut du Niagara ;* « mais tout cessa en 1818. Depuis, la propriété ayant changé de maître, « la formation du nouveau quartier Saint-Georges entraîna la destruc- « tion du jardin et d'une partie des bâtiments ».

Ce passage est extrait du livre bien connu de Claude Ruggieri, artificier du Roi, *Précis Historique sur les Fêtes et Spectacles et les Réjouissances publiques*, Paris 1830, in-8°.

Rédigé par le fils et petit-fils des gens dont il parle, il semblerait devoir être complètement exact : en fait, les renseignements qu'il fournit sont sujets à caution, et renferment des erreurs dues, les unes à l'absence de

SAUT DU NIAGARA

Cabinet des Estampes — Topographie de Paris - Quartier St Georges

PROMENADES EGYPTIENNES.

Topographie de Paris - Quartier Rochechouart

documents précis, les autres faites probablement d'une façon volontaire.

Tout d'abord complétons les renseignements fournis par Claude Ruggieri sur sa famille.

L'aîné Petro-Antonio-Marie, celui qu'on appelait Pierre à Paris, mourut rue Saint-Lazare, probablement le 10 septembre1778, puisqu' une sentence du baillage de Montmartre en date du 11, ordonne l'apposition des scellés.

Quant au père même de l'auteur du *Précis Historique sur les Fêtes*, etc. François Petrone Sauveur Balthazar Ruggieri, il décéda au même endroit, le 10 février 1794 (22 ventôse an II) : sa femme Anne Marie Aguzzi était morte avant lui. Ses deux filles se nommaient : la première, Marie Barbe qui épousa au mois d'avril 1778. Charles Félix Séraphin Coraly, acteur de la troupe italienne : elle apportait à son mari 8.000 livres de dot, sur lesquels le beau père, en devait encore en 1787, 6.878 ; plus tard, Marie Barbe, profita du divorce pour se séparer de son époux.

L'autre, Marie-Anne se maria au mois de novembre 1785 avec un acteur du nom de Sincher de Valeroy, plus tard inspecteur des relais ; elle apportait également en dot 8.000 livres, sur lesquels son père n'avait encore versé en 1789, que 1780 livres.

A leur arrivée à Paris les frères Ruggieri, alors simples artificiers s'étaient installés à l'extrémité du faubourg Saint-Antoine, dans un quartier qui à cette époque devait être presqu'un désert, à l'angle de la rue de Reuilly et des Buttes, aujourd'hui du Sergent Bauchat, non loin de la place du Trône, devenue de nos jours place de la Nation (1).

Ils paraissent avoir réussi brillamment et rapidement dans leurs affaires et devinrent bientôt artificiers de la Ville; mais, se trouvant sans doute trop éloignés du centre, ils songèrent à se rapprocher des quartiers vivants de la ville et, à une date que je ne peux préciser, mais qui doit se placer entre 1750 et 1758, ils firent l'acquisition, probablement avec l'aide d'un des gros spéculateurs du temps, Mégret de Serilly, d'un terrain d'environ 11 000 mètres de nos jours et sis rue Saint-Lazare; mais le terrain à peine acquis fut hypothéqué, car dès 1758, on voit les créanciers de Pierre Antoine Marie Ruggieri, accepter de lui une somme de 19 519 livres 4 sols, montant de ses dettes et une hypothèque sur la maison de la rue Saint-Lazare.

1. Renseignement dû à l'obligeante érudition du capitaine Cherrière.

Les affaires des Ruggieri durent s'arranger, les créanciers se calmèrent et, en 1766 commencèrent les feux d'artifice, les jeudis, dimanches et jours de fêtes.

La rue Saint-Lazare du XVIIIe siècle ne ressemblait guère à celle que nous connaissons : bordée de cabarets, entre lesquels se dressaient des hôtels de grands seigneurs, ou des maisons d'artistes célèbres, garnis les uns de bosquets où les habitués des Porcherons allaient boire et danser, les autres de vastes parcs, dont les heureux possesseurs faisaient leurs délices, elle devait être une longue sente fleurie.

Si aux abords de la rue des Martyrs on ne rencontrait guère que d'humbles maisons, plus loin à l'angle de la rue de la Rochefoucauld, une vaste muraille laissait apercevoir les grands arbres du jardin ou plutôt du parc qui environnait la demeure où vécut et mourut Pigalle ; de l'autre côté de la rue de La Rochefoucauld s'élevaient les coquets bâtiments de l'hôtel de Bougainville ; suivaient les immenses jardins de l'hôtel de Valentinois, en face des tonnelles du fameux cabaret de Magny ; et au delà de la rue de Clichy, dans la partie qui s'étend de nos jours entre cette rue et la gare Saint-Lazare, les parterres, les rivières, les rochers, les futaies du fameux jardin Boutin où devait se créer plus tard le premier Tivoli, dont un érudit bien connu, M. Capon, a savamment et spirituellement conté l'histoire, et que nombre d'historiens, à commencer par Lefeuve ont confondu avec le Jardin Ruggieri.

La maison où s'installèrent nos artificiers est facile à déterminer : le peu qui en reste est représenté de nos jours par le numéro 16-18, ancien 20 de la rue, là où il y a 20 ans se fit cette création éphémère et curieuse du Théâtre d'Application, de la Bodinière, pour l'appeler de son nom en jargon parisien.

Désireux de se mettre en règle avec les lois de leur pays les Ruggieri commencèrent par demander au bailli de Montmartre — car en ce temps, ce côté de la rue Saint-Lazare était territoire Montmartrois, — les autorisations nécessaires. On vérifia la solidité de leurs constructions ; on fit une enquête auprès des voisins, pour savoir s'ils ne seraient point incommodés par l'odeur de la poudre et le bruit des voitures et des spectateurs. Les voisins — tous marchands de vins et qui escomptaient déjà les bénéfices qu'ils allaient tirer de cette nouvelle clientèle, — répondirent à l'unanimité que rien ne les gênait, et dès le mois d'avril 1766, après la publication d'une ordonnance du Bailliage, défendant aux voitures qui amenaient les spectateurs chez Ruggieri, de stationner à une distance de moins de trois maisons, et d'entrer dans les jardins, la porte étant trop étroite et la pente trop rapide, les feux d'artifice commencèrent.

Ils se continuèrent pendant plusieurs années, mais avec des destinées variables. Les entrepreneurs essayaient pourtant de se tenir au courant de l'actualité : quand la place Louis XV fut terminée en 1772, un feu d'artifice représenta son inauguration aux habitués du spectacle.

Néanmoins, malgré l'attrait d'un restaurant renommé que l'on avait annexé à la maison, l'établissement paraît avoir subi une éclipse au début de 1773. L'Almanach forain de Nougaret pour cette année, en parle comme d'une chose passée.

Il devait renaître de ses cendres : en 1783 et non en 1785, Ruggieri faisait établir par Tricadeau, menuisier du Roi, demeurant rue des Fossés-Saint-Bernard, la salle en bois destinée à abriter un nouveau genre de spectacle, des pantomimes mêlées de feux d'artifices. Les représentations de ce genre paraissent avoir commencé au mois de juillet 1783 par le Combat, la mort et les funérailles de Malborough. On était au moment de la grande vogue de la fameuse chanson, mise à la mode par Mme Poitrine, nourrice du duc de Normandie, premier dauphin, fils de Louis XVI; tout le monde la répétait : les magasins arborèrent le grand Malborough comme enseigne et une rue même de Montmartre prenait le nom de ruelle Malborough, avant de devenir la rue Pétrelle.

Aussi pour sa pantomime, Ruggieri faisait-il des frais : dix-huit figurants à dix sous pour le cortège, douze pour porter le cercueil, une musique militaire à 24 livres, — elle ne comprenait, il est vrai, que seize exécutants — et 198 livres pour la musique de la danse ; les recettes étaient belles d'ailleurs et dépassaient souvent 4.000 livres.

A ce spectacle d'actualités, d'autres succédèrent, tels que : « L'inauguration du Pont de Louis XVI par Minerve et les Arts », donnée deux ans avant que cette inauguration eût lieu, puisqu'on la représentait en 1788, et que la cérémonie officielle ne fut célébrée qu'en 1790.

Puis c'était en souvenir de la glorieuse campagne de l'Inde « Le siège de Delhy, par Thamas Koulikan, roi de Perse, et son entrée triomphante » avec lesquels alternaient des spectacles mythologiques que Claude Ruggieri n'a pas cités, comme « Les Forges de Vulcain sous le Mont Etna, la Salamandre et le Combat de Mars. »

Le public affluait et quand, dans le courant de l'année 1788, les ambassadeurs de Tippoo-Saïb vinrent à Paris, ils firent deux fois visite au Jardin Ruggieri ; le 6 septembre ils purent contempler « Le siège de

Delhy » et retournèrent admirer, le 24 même du mois, « Les Forges de Vulcain et la Salamandre ».

A chacune de ces visites, suivant un usage que les directeurs de théâtre n'ont pas abandonné — bien que les termes employés pour dire la même chose aient changé — on annonça que « les billets gratis n'auraient pas lieu ».

Ce fut le plus fort de la vogue du Jardin Ruggieri ; bien que cette mauvaise langue de Pidansart de Mairobert, le continuateur de Bachaumont, ait insinué que « Les Funérailles de Malborough » manquaient un peu trop de figurants, et que la pantomime pyrrhique des « Forges de Vulcain sous le Mont-Etna » eût été copiée de trop près d'une fête d'artifice de l'artificier Torré, qui venait de mourir en 1783, les éloges sont en majorité. « Des appartements fort bien décorés, des jardins très agréables donnent un nouveau prix à ces fêtes charmantes où de jeunes personnes honnêtes ne se font point scrupule de danser », écrit en 1787 Nougaret dans ses *Petits spectacles de Paris*, et l'auteur de décrire les principales nouveautés qui, dans les deux dernières années, y ont été exhibées au public : c'est le 11 décembre 1785, un aérostat imperméable, orné d'un médaillon de Montgolfier et d'inscriptions versifiées à sa louange ; c'est, le 24 septembre 1786, lancées par un certain Enslen, des figures aérostatiques — en baudruche probablement — représentant le Cheval Pégase monté par un guerrier, et la Nymphe, qui s'en vont choir aux environs de Choisy-le-Roi, à l'ébaubissement des naturels du pays ; c'est, le 22 octobre de la même année, la voiture sans chevaux de Rouquerel, destinée aux transports des malades, et qui paraît baroque et peu pratique.

Mais hélas, tout cela n'empêcha pas la ruine : le 21 novembre 1787, Pedrone Ruggiery, artificier de Monsieur, frère du Roi, et ordinaire de la Ville, déposait son bilan aux Consuls : l'actif se montait à 274.284 livres, le passif à 208.235 livres 4 sols.

La maison de la rue Saint-Lazare était estimée à 150.000 livres sur lesquelles 50 000 étaient dues à l'Union des créanciers de Megret de Sérilly qui avait lui aussi fait une faillite retentissante : les marchandises représentaient 30.000 livres, les décorations 18.000, les glaces 7.000, etc.

Les créanciers firent saisir réellement l'immeuble, mais l'exploitation du théâtre et des fêtes champêtres se continua après la faillite : elle durait encore en 1788, comme nous l'avons vu précédemment, et ne se termina pas comme l'avance Claude Ruggieri en 1789, puisque dans le courant de cette même année, Blanchard y faisait des ascensions, que l'on continuait à y donner « Le siège de Delhy », auquel venait s'ajouter une nouvelle pantomime mythologique, « L'incendie de Troie par les Grecs ».

Bien plus, en 1790, la maison donnait encore des fêtes : le 14 février 1790, à dix heures du soir, il y avait bal non masqué ; à la fin de mai de la même année, Garnerin y faisait une ascension ou, pour employer le terme de l'époque « une expérience aérostatique au profit des pauvres de la Commune de Montmartre et des districts de Bonne-Nouvelle et de Saint-Jacques-de-l'Hôpital ».

Enfin, le 12 septembre 1790, le *Journal de Paris* publiait cette annonce : « Aujourd'hui, chez le sieur Ruggieri, rue Saint-Lazare, faubourg-Montmartre, au profit de ses ouvriers, grand feu d'artifice, composé de toutes pièces nouvelles : La Salamandre, Danses dans le jardin et dans le salon, on y enlèvera aussi une Montgolfière. Prix des places : 3 livres et 1 livre 10 sous. Un cavalier peut amener une dame. »

Puis ce fut le silence : au lendemain de la mort de Pedrone Ruggieri, survenue comme il a déjà été dit, le 10 février 1794, la maison qui, malgré la saisie de 1787 était restée dans la famille — je ne sais comment — fut adjugée sur licitation à Michel-Marie Ruggieri au nom de tous les cohéritiers, moyennant 2.725.500 livres, en assignats, il est vrai ; elle portait alors le numéro 110 de la rue Saint-Lazare. C'est alors qu'eut lieu la tentative de réouverture sous la direction d'un certain Ducy. Elle ne paraît guère avoir réussi, mais il est encore inexact d'affirmer que la maison resta fermée de 1799 à 1815. Aussi bien le Guide de Prévost de Saint-Lucien de l'an XII, que le Miroir de Paris de Prodhomme de 1806, nous la montrent ouverte et même très fréquentée. Toutefois il est certain que la dernière période de grande vogue du Jardin Ruggieri fut la Restauration : à ce moment et au plus fort de la vogue des Montagnes, on en installa une qui prit le nom de « Saut du Niagara » et qui jouit d'une réelle popularité. *Les Etrennes grivoises*, almanach chantant de 1818, ont un pot-pourri sur le Saut du Niagara et sont ornées d'une planche représentant « Bobèche faisant le *Sot* du Niagara avec la Sibylle de la Chaussée-d'Antin ».

En voici la description, empruntée à un auteur contemporain, M. d'Allemagne.

« Les montagnes russes connues sous le nom de « saut du Niagara » et « pour lesquelles MM. Beurg et Ruggiery prirent un brevet le 9 avril 1817, « consistaient en un dispositif assez ingénieux établi de façon à donner au « wagonnet une nouvelle impulsion quand il arrivait à la fin de sa course:

« c'était une sorte de pont volant ou de bascule qui recevait les chars et qui « au moyen d'un levier, les élevait à un point d'où ils pouvaient prendre « une nouvelle impulsion. »

Dans une gravure représentant cet exercice périlleux, nous trouvons une longue légende explicative, destinée à tenter les amateurs de ce genre de sport.

« Au jardin Ruggieri, le saut du Niagara est vraiment effrayant, et, pour se décider à le franchir, il faut bien se persuader que la police n'aurait pas permis cet amusement s'il pouvait compromettre la vie des citoyens. Une pente douce conduit aux kiosques ou plutôt aux ports ou l'on s'embarque dans une jolie nacelle (Plus d'un mari se plaint de la couleur de quelques uns des pavillons qui flottent à l'avant de ces bâtiments) (1). Du plan horizontal où se trouve alors le navigateur, il est doucement enlevé par une bascule et ne commence son voyage que lorsque l'extrémité opposée de cette bascule est descendue au point où commence la rivière (coulisses où glissent les nacelles) ; la bascule est alors inclinée à quarante-cinq degrés, un échappement enlève le crochet qui retient le frêle bâtiment, il part avec rapidité et c'est de 50 à 60 pieds environ du sol qu'il parcourt 240 à 250 pieds en moins de six secondes.

Pendant son élévation le nouvel Argonaute a eu le temps de contempler l'abîme où il va se précipiter : il frémit en pensant que le moindre accident (s'il était possible) causerait un naufrage dont nulle puissance humaine ne pourrait le sauver ; il tremble... Pensez-y bien, dans les hautes montagnes un nuage cache souvent au voyageur les objets qui sont au-dessous de lui. Eh bien, un nuage composé de parties solides et artistement peintes pourrait aisément être adapté à la partie inférieure de la bascule, un mécanisme simple le ferait rentrer en terre au moment même où la bascule toucherait la rivière, il dissimulerait le saut périlleux, et si enfin, pendant que la bascule s'élève, un accident impossible à prévoir faisait jouer l'échappement d'une nacelle et qu'elle vint à se détacher, elle serait arrêtée dans les nuages et les voyageurs sauvés. »

Des personnages plus importants que Bobèche s'intéressaient au *Saut du Niagara ;* la mélancolique duchesse d'Angoulême elle même allait le voir, comme nous l'apprend le *Moniteur* « Son Altesse Royale Madame a visité aujourd'hui le jardin Ruggieri, dans lequel est établi le *Saut du Niagara ;* elle a bien voulu donner quelque attention aux détails du méca-

1. Ces pavillons étaient jaunes.

nisme qui y est employé, en témoigner sa satisfaction ; et laisser des marques de sa munificence. »

(*Moniteur*, 10 octobre 1817, p. 1118).

D'autres jours on reprenait l'ancienne tradition, et le public venait contempler des départs de ballons, ascensions modestes et qui nous font un peu sourire aujourd'hui.

« Une réunion nombreuse et fort élégante s'était formée ce soir au jardin Ruggieri. Après quelques heures de l'après-midi, données aux amusements variés qu'offre le jardin et aux *chutes* dites du *Niagara*, on s'est rassemblé dans la principale enceinte pour y assister à l'expérience aérostatique annoncée, Aucun procédé extraordinaire n'était employé ; le ballon d'une petite proportion était prêt, et vers huit heures, Mme Margat a paru ; elle a fait le tour de l'enceinte avec une aisance et une grâce très remarquables, puis après avoir fait à sa famille des adieux tels que ceux en usage pour le voyage le plus ordinaire, elle s'est placée dans la nacelle. Sa sécurité était telle et son assurance était si parfaite qu'elle éloignait jusqu'à l'idée du danger qu'elle allait courir et du courage dont elle donnait la preuve. Elle s'est aussitôt enlevée en saluant les spectateurs avec un drapeau ; elle est parvenue rapidement à une grande hauteur, et bientôt le ballon a été perdu de vue. Il doit être descendu du côté de Saint-Cloud. L'aéronaute avait promis de donner de ses nouvelles par des billets écrits de sa nacelle, et adressés aux rédacteurs des feuilles périodiques. Si ces bulletins nous parviennent, nous nous ferons un plaisir de publier des fragmens de cette correspondance aérienne ».

(*Moniteur*, 5 juin 1818, p. 686.)

Et le 6 le *Moniteur* (p. 691) publiait la note suivante :

« Nous n'avons pas reçu de nouvelles directes de Mme Margat : on annonce qu'elle est heureusement descendue à terre, après une demi-heure de voyage aérien, dans la plaine d'Issy-sous-Meudon, vers neuf heures du soir ».

Toutefois, contrairement aux assertions de Claude Ruggieri, le jardin de la rue Saint-Lazare ne fut pas fermé au public en 1818 : il s'y donna encore des fêtes l'année suivante. En effet, le *Moniteur*, dans son numéro du mercredi 21 juillet 1819 (p. 974), publiait la note suivante :

« Jardin Ruggieri, rue Saint-Lazare n° 20. Jeudi 22 juillet, grande fête extraordinaire, et depuis 6 heures jusqu'à 7 du soir, nouvelles expériences ou essai de direction des aérostats, par un mécanisme portant 8 ailes 8 gouvernails et plans inclinés, aussi mobilements actifs que l'est un oiseau dans l'air ».

Soit faute de spectateurs, soit à cause de l'inclémence du temps, car l'été de 1819 paraît avoir été fort pluvieux, l'expérience n'eut pas lieu au jour indiqué et fut remise à huitaine, c'est-à-dire au jeudi 29 juillet : ce ne fut pas précisément un succès : car dans son numéro du 30 le même journal insérait ce compte-rendu assez hargneux (p. 1030).

« L'expérience aérostatique annoncée hier au jardin de Ruggieri n'a point réussi. L'aéronaute qui se faisait fort de se diriger, était placé debout dans une espèce de cage armée de quatre longues ailes de moulin en osier à claire-voie garnies de papier, et d'une sorte de gouvernail ou de voile en travers, le tout fixé au-dessous du ballon. Le prétendu navigateur aérien a manœuvré dans cette cage, s'agitant des pieds et des mains pour remuer ses ailes, qui n'ont paru produire aucun effet, autant qu'on a pu en juger aux approches de la nuit ; le ballon était retenu par des cordes à environ 25 ou 30 pieds de terre et a fait ainsi le tour de l'enceinte ; le public, qui n'était pas nombreux, à cause de l'incertitude du temps, n'a manifesté ni satisfaction, ni mécontentement ; il a laissé tranquillement le ballon se dégonfler et s'est contenté d'un modeste feu d'artifice. Tout était fini avant dix heures. »

Cet essai manqué ne fut pas seulement fatal à l'infortuné inventeur, mais aussi à l'établissement où il avait eu lieu .

Le jardin Ruggieri semble avoir essayé d'attirer encore le public pendant quelques semaines de l'été 1819, et voyant qu'il s'obstinait à ne pas venir, Ruggieri paraît avoir fermé les portes de son enclos vers le mois d'août.

En 1826 le percement de la rue N.-D. de Lorette, alors Vatry, enlevait la majeure partie du jardin.

II

LE JARDIN DU DELTA

« On nous assure que les promenades Egyptiennes seront sous peu de jours ouvertes au public. Cet établissement, construit à grands frais, rue du Faubourg Poissonnière, nº 105, réunira une grande variété d'amusemens, parmi lesquels les danses et les courses en char tiendront le premier rang. On cite la beauté du jardin dont les allées et bosquets touffus offriront un asile assuré contre les rayons du soleil. La montagne destinée aux courses présente une ligne de douze cents pieds à parcourir ; des moyens à la fois ingénieux et exempts de tout danger servent à élever les chars au sommet de la montagne, en sorte qu'on pourra sans interruption continuer la course. Un bâtiment considérable renferme un vaste salon décoré à l'égyptienne qui, en temps de pluie, offre une salle de danse couverte, et en tous tems un élégant café. La décoration du bâtiment principal et le tracé du jardin sont de M. Henriette, architecte : c'est M. Hoyau, ingénieur-mécanicien qui est l'auteur des machines. » Telle est la longue note insérée dans le *Moniteur*, 4 mai 1818, p. 558.

Et dans son numéro du jeudi 14 mai, le même journal (p. 596) annonce « Promenades Eyptiennes, rue du Faubourg Poissonnière, nº 105 : aujourd'hui Fête et bal champêtre, course de chars, etc. »

Le dimanche 24 mai (p. 639) nouvelle note plus explicite :

« Le public commence à se plaire aux promenades égyptiennes, faubourg Poissonnière. Avant hier jeudi, les courses et les ascensions ont commencé à midi et duré jusqu'à onze heures, malgré la fraîcheur du tems. L'administration se propose de donner une grande fête, dimanche 24 du courant ».

Puis la rédaction des annonces varie :

« Aujourd'hui (Lundi 25 mai) fête champêtre, ascensions et courses en char, bal champêtre et autres divertissemens ».

Qu'était-ce donc que ces promenades égyptiennes et où étaient-elles situées? Chose bizarre pour un établissement qui ferma ses portes il y a moins d'un siècle la réponse est malaisée. Entre le plan de Verniquet qui date de l'époque Révolutionnaire (1789 à 1798) et celui de Vasserot qui ne fut commencé qu'en 1827, alors que le quartier qui nous intéresse avait été transformé par des percements, il n'existe pour déterminer la situation d'une propriété parisienne que les plans cadastraux des contributions. Grâce au beau catalogue que mon collègue et ami Coyecque en a publié en 1908 dans le *Bulletin de la Société de l'Histoire de Paris* p. 238 à 280, il m'est permis de vous dire que le 105 de cette époque était une immense propriété, la seconde après la rue Pétrelle : ses jardins à la française coupés de bassins s'étendaient en profondeur jusqu'à la moitié de cette rue : en façade, ils longeaient le faubourg Poissonnière, représentant à peu de choses près les numéros 157 à 187 actuels, et couvraient une superficie d'environ 30 000 mètres.

Deux vues nous ont été conservées des Promenades Egyptiennes ou du jardin du Delta. Toutes deux se trouvent dans l'Album 290 de la topographie de la France au Cabinet des Estampes : la première est une lithographie sans date et assez grossière d'Engelmann, rue Cassette, la seconde une charmante aquarelle anonyme.

Dans la lithographie, un haut pylone se dresse couronné par un large portique à l'égyptienne sur le fronton duquel sont sculptées les deux ailes d'épervier du Dieu Horus au Arouéris ; du pied du portique part une pente fort raide qui semble longée par deux rails sur lesquelles courent les nacelles qui vont choir à l'extrémité d'une sorte d'enceinte ovoïde, où elles étaient sans doute arrêtées par des préposés de l'administration qui, dans l'estampe, sont représentés debout. Une balustrade de bois ferme l'enceinte de la pente. A droite de la pente un terrain plat est parsemé de bouquets d'arbres ; à gauche de cette même pente, une sorte de colline qui la borde est plantée d'arbustes et d'arbres qui grimpent jusqu'au portique. Des bâtiments légers, châlets d'un dessin assez vague sont semés dans les arbres. Au fond de la perspective se dresse la colline de Montmartre avec son église, derrière laquelle on aperçoit la tour du télégraphe, et, plus à droite, un moulin.

Au premier plan des promeneurs en longues redingotes conversent entre eux ou avec des dames ; des enfants courent de tous les côtés.

Dans l'aquarelle fort jolie — ce qui la différencie d'une façon sensible de la lithographie — le portique à l'égyptienne est flanqué à l'arrière d'une vaste plate-forme rectangulaire et bordée d'une balustrade, où sans doute prennent place les amateurs désireux de faire ce voyage plein d'émotions.

Dans l'intérieur du portique, une sorte de kiosque mobile en forme de dais drapé d'étoffe bleue où s'assoient les voyageurs, est hissé par une poulie accrochée au sommet du portique, jusqu'à une longue pente le long de laquelle il court, longeant d'abord un bâtiment égyptien d'aspect élégant, sans doute le café dont il a déjà été parlé, puis un terre-plein en maçonnerie du même style. Derrière le portique, un bâti en charpente semble supporter un autre appareil aérien assez difficile à définir : tout à fait au fond, derrière des verdures, un Montmartre de fantaisie ; au premier plan des personnages, un élégant et une belle dame coiffée à la grecque, attablés à un guéridon, prennent des glaces : plus loin un monsieur fort coquet donne le bras à une dame vêtue d'une longue tunique blanche froncée au bas ; tous deux conversent avec une jeune personne également vêtue de blanc, décolletée, les bras nus, la tête couverte d'une toque gracieusement chiffonnée sur laquelle retombe une plume jaune élégamment recourbée.

De ces deux images, laquelle répond le mieux à la réalité des choses? Cruelle énigme, que je ne me sens pas la force de résoudre. La seconde pourtant, l'aquarelle, semble le mieux s'adapter à la seule description que nous ayons des Montagnes Egyptiennes, qui est due à M. d'Allemagne (Musée rétrospectif de la classe 100 de l'Exposition universelle de 1900, à Paris, tome II, p. 350), mais qui, malheureusement un peu imprécise, manque aussi d'indications de sources.

« La vogue des montagnes russes et des montagnes françaises fut si considérable, qu'on ne tarda pas à en établir une troisième espèce nommée montagnes égyptiennes : ces dernières ne différaient des autres qu'en ce qu'il n'y avait pas de pavillon servant de point de départ ; les voies entre les poutres n'étaint pas couvertes d'un plancher, et dans cette rapide excursion aérienne, on voyait fuir le sol qui semblait s'échapper sous les pas du voyageur. On s'était plu, dans cet amusement, à augmenter en quelque sorte les dangers : les chars étaient dépourvus de toute sorte de balustrade ou d'appui et on se trouvait suspendu, pour ainsi dire, dans le vide. Il arrivait fréquemment que les voyageurs qui n'avaient pas compté avec la sensibilité de leurs nerfs, furent pris de vertige au moment où la voiture était lancée dans l'espace, et, comme rien ne les retenait, ils venaient impitoyablement s'écraser sur le sol ».

Les historiens de Paris sont sobres de renseignements sur cet établissement : Lefeuve qui en donne le plus, dans ce style bizarre dont il a le monopole, écrit : « A côté d'une habitation de nourrisseur qui se revoit au 123, un des hôtels de cette génération s'est drapé d'un jardin anglais de 8 arpens livré au public sous le Directoire à titre de *Promenades Egyptiennes* ».

Il est inutile de faire remarquer les inexactitudes contenues dans ces quelques lignes : la pus flagrante est celle qui attribue à l'époque du Directoire, l'ouverture d'un établissement qui n'eut lieu que dix-neuf ans plus tard. Claude Ruggieri, (*Précis historique sur les Fêtes* etc. Paris 1830, in-8°, p. 96), après avoir annoncé que le jardin ouvrit en 1818, dit qu'il y eût « *des montagnes assez mal conçues ; aussi ne furent-elles exploitées que deux ans* ».

Quoiqu'il en soit, l'exploitation battit son plein au cours de l'année 1818. Vers le mois de juillet cependant, un accident survenu aux Montagnes Françaises à Beaujon faillit être fatal à tous les jardins à montagnes. Un intendant militaire, Dufresne et son neveu, se tuèrent par suite du renversement du char où ils étaient assis. On annonça même la fermeture de tous les établissements où étaient installés ces jeux périlleux. Ce ne fut pourtant qu'une menace. Dès le 26 du même mois les Promenades Egyptiennes annonçaient (*Moniteur*, 1818, p. 892) :

« Aujourd'hui, fête et bal champêtre, feu d'artifice ; tous les jours le jardin est ouvert pour la promenade. Jeudi prochain 30 juillet, *pour la reprise des courses en char*, première grande fête extraordinaire. »

Et les divertissements continuèrent jusqu'à la fin de septembre.

L'année suivante (1819) les promenades égyptiennes disparurent pour devenir le Jardin du Delta. Quelle était l'origine de ce nom? Je l'ignore, mais il était certainement dû à l'influence du goût égyptien qui avait valu à Paris depuis vingt ans, entre autres choses, la maison de la place du Caire, et la fontaine de la rue de Sèvres.

Désireuse d'attirer un public que la distance effrayait et qui manquait de moyens de communications — les omnibus ne devaient voir le jour que neuf ans plus tard en 1828, et les Hirondelles qui, circulant de la Barrière Rochechouart à la Barrière Saint-Jacques, auraient desservi le quartier, qu'en 1835 — désireuse, dis-je, d'attirer le public, la direction fit de nouveaux efforts : aux attractions de l'année précédente on ajouta des expériences de physique (*Moniteur*, 20 juin 1819, p. 818) ; puis on exhiba le 5 septembre de la même année « Cornelius Sakayounta, chef de la tribu des Oneïda ou les huit sauvages du Haut Canada et sa famille ; le globe de verre, le bal champêtre, M. Brasi, les courses en char, les illuminations en verres de couleur, le grand feu d'artifice ». (*Moniteur*, 1819, p. 1174).

Cela ne suffisait pas encore, et on y ajouta le Wiski à cygne : ce devait

Estampe de la Bibliothèque Nationale

Œuvre de Lœuillot

BERLINE du DELTA

Les Montagnes Egyptiennes

Cabinet des Estampes

Topographie de Paris - Quartier Rochechouart

être selon toute apparence un cabriolet léger traîné par des cygnes, à moins que ce ne fût une nacelle en forme de cabriolet.

Tout cela ne paraît pas avoir attiré la foule et la clôture eut lieu le 26 septembre (*Moniteur*, p. 1260).

De 1820 à 1822, les feux d'artifices du Delta furent exécutés par Claude Ruggieri et l'établissement paraît avoir traîné une vie languissante jusqu'à la fin de 1824.

C'est alors, sans doute, que fatigués de garder un terrain d'un revenu insuffisant, les propriétaires, MM. Lambin et Guillaume, demandèrent et obtinrent l'autorisation (ordonnance du 25 février 1825), d'ouvrir sur l'emplacement du jardin du Delta une rue qui reçut le nom de rue du Delta. Toutefois la rue ne fut reçue au nombre des voies publiques que par arrêté préfectoral du 2 octobre 1840 : jusqu'à cette date, Lambin avait trouvé toutes sortes de prétextes pour ne pas exécuter le premier pavage qui lui incombait : il en eut pour huit mille francs.

Un peu plus tard, et toujours sur l'emplacement du jardin s'ouvrit une seconde rue du Delta: c'est aujourd'hui la partie de la rue de Dunkerque qui va du faubourg Poissonnière à la rue Rochechouart. Enfin ce nom de Delta parut si joli aux contemporains de Charles X et de Louis Philippe, que dans le même quartier, quelques années plus tard, les fondateurs du nouveau quartier Poissonnière, créé aux alentours de la place Charles X où s'élève aujourd'hui l'église Saint-Vincent de Paul, baptisèrent une de leurs nouvelles voies, rue du Delta : elle a nom aujourd'hui rue de Valenciennes, et nous savons par un rapport d'ingénieur de l'époque que déjà on ne s'y reconnaissait plus.

Dans la plus ancienne de ces trois rues du Delta, celle qui a toujours gardé ce nom, se fonda, peu après le percement, une société de transports qui jouit d'une grande renommée. Leboulanger et Varin installèrent au mois de décembre 1828, la Société des Berlines du Delta, dans l'immeuble n° 6.

Pour les élégants qui voulaient avoir l'air d'avoir une voiture, ces gracieux véhicules étaient tout désignés : par la gravure bien connue de Lœillot qui les représente, nous pouvons juger de leur aspect. Cette haute et coquette voiture bien suspendue, traînée par deux chevaux robustes, ressemble fort aux équipages de noces de nos jours : à l'arrière, une large entretoise permettait aux amateurs de gala, d'y percher, en cas de besoin, deux valets de pied comme on en voyait encore il y a cinquante ans aux voitures de cour; dans la gravure de Lœillot, à la place des valets de pied, siège un mitron effronté que le cocher s'apprête à faire descendre par un coup de fouet bien appliqué.

Voici maintenant les actes de naissance de la nouvelle entreprise. « L'uti-«lité du service des voitures de place est depuis longtemps reconnue, mais « à une époque où tout se perfectionne, cette branche de l'industrie récla-«mait d'importantes améliorations. La malpropreté des voitures et le «peu d'urbanité de cochers étaient passés en proverbe. On nous promet «enfin des voitures propres et des cochers polis ; le nom de fiacre si désa-«gréable à l'oreille, est même supprimé, nos élégants pourront, sans se «compromettre, réclamer une *Berline du Delta.*

« C'est sous ce dernier titre que plusieurs loueurs de voitures réunis en « Société, vont exploiter 150 voitures de place. Cette entreprise nouvelle « n'augmentera pas les embarras de la circulation car les 150 *Berlines du « Delta*, ne feront que remplacer 150 fiacres sur les places de Paris.

« Elles seront reconnaissables à leur couleur uniforme (jaune clair), à « une jarretière en cuivre dans l'intérieur de laquelle se trouvera le nom « des nouvelles voitures et surtout un petit numéro qui les distinguera de « leurs frères aînés ; l'habillement des cochers sera soigné.

« Les entrepreneurss e proposent de distribuer par abonnement des « cachets pour la course et pour l'heure à un prix au-dessous du tarif « actuel, de telle sorte qu'on sera dispensé de faire avec le cocher un com-« pte dans lequel il est rarement dupe.

« Cette société a créé 900 actions de 1000 francs chacune, 610 se trou-« vent réparties entre les associés fondateurs pour leur mise de fonds, de « telle sorte qu'il n'en reste à émettre que 290 qui offrent aux capitalis-« tes un placement avantageux ; on peut consulter à cet égard, l'acte « passé le 20 octobre dernier chez M. Froyer-Deschênes, notaire, rue de « Richelieu, n° 57 ». (*Moniteur*, 27 novembre 1828, p. 1757).

Quelques jours après paraissait une nouvelle réclame.

« Les entrepreneurs des *Berlines du Delta* ont présenté hier leur première voiture à M. le Préfet de Police qui leur en a témoigné sa satisfaction. Ces voitures sont vastes, commodes et élégantes sans luxe. L'intérieur en est aussi soigné que l'extérieur : les harnais des chevaux sont de la plus grande propreté ! Enfin, les berlines du Delta présentent l'aspect des voitures de remise. A partir du lundi 15 décembre, elles stationneront sur les places. »

(*Moniteur*, 14 décembre 1828, p. 1825).

La note du *Moniteur* renfermait une légère erreur matérielle quant au commencement du service : les entrepreneurs s'empressèrent de la rectifier par la lettre suivante qui parut dans le *Moniteur* du 15 (p. 1828).

Au rédacteur.

Monsieur,

Vous avez bien voulu annoncer à vos lecteurs qu'un certain nombre de nos voitures stationnerait sur les places lundi prochain ; en effet, ce jour-là, elles seront conduites à la préfecture de police pour recevoir le petit numéro qui doit les distinguer des fiacres. Ce n'est que le lendemain mardi que leur service commencera réellement ; mais comme nous désirons que notre entreprise s'annonce au public sous d'heureux auspices, nous vous prions de vouloir bien annoncer que la totalité des recettes faites ce jour-là par nos nouvelles voitures sera remise à M. le Préfet, comme notre offrande et pour seconder les vues de ce digne magistrat, relativement à l'extinction de la mendicité.

Nous avons l'honneur de vous saluer.

Leboulanger, Varin et Cie.

Entrepreneurs des Berlines du Delta.

Conformément à leur promesse les entrepreneurs versèrent à la Préfecture de Police, à la souscription ouverte à ce moment pour l'extinction de la mendicité, et due à l'initiative du préfet M. Debelleyme, leur recette du 16 décembre. Elle s'élevait à 207 fr. 50.

Leboulanger et Varin gérèrent leur société pendant trois ans : le 20 avril 1831, Varin mourait âgé de 39 ans : sa veuve, née Marie Pauline Fessard, continua l'exploitation d'abord avec l'associé, puis seule. En 1850, elle la transporta rue de Dunkerque ; l'année suivante paraît avoir vu la fin des Berlines du Delta.

Aujourd'hui, entre quelques maisons neuves sans caractère, quelques vieilles masures contemporaines de Lambin et un ou deux terrains vagues — derniers restes des bosquets et des montagnes du passé — la rue du Delta étend mélancoliquement ses 200 mètres. A la nuit close souvent, quelques couples amoureux s'y promènent, non en souvenir des idylles de jadis, mais parce que la rue est la plus mal éclairée du quartier.

www.ingramcontent.com/pod-product-compliance
Ingram Content Group UK Ltd.
Pitfield, Milton Keynes, MK11 3LW, UK
UKHW020529180726
13839UKWH00005B/2404